흙에서

흙에서

초판1쇄 찍은 날 | 2023년 5월 29일
초판1쇄 펴낸 날 | 2023년 6월 1일

지은이 | 송만철
펴낸이 | 송광룡
펴낸곳 | 문학들
등록 | 2005년 8월 24일 제2005 1−2호
주소 | 61489 광주광역시 동구 천변우로 487(학동) 2층
전화 | 062−651−6968
팩스 | 062−651−9690
전자우편 | munhakdle@hanmail.net
블로그 | blog.naver.com/munhakdlesimmian

ⓒ 송만철 2023
ISBN 979−11−91277−68−5   03810

• 이 책은 🌿 전라남도·🌿 접꿈 문화재단의 지원을 받아 발간되었습니다.

문학들 시인선 021

송만철 시집

흙에서

문학들

시인의 말

삶은 한순간 왔다 꺼져버리는 것, 저 별똥별처럼
나 또한 바로 지금 여기에 확 불 질러버리자, 온몸을

마침내 시여

보성 오서마을에서

송만철

차례

식칼

싯돌에 씀벅씀벅 칼을 갈자
뭉툭해지고 닳아빠진 날을 갈자

식칼 갈 듯 나의 넋을 갈자

시 칼이여

봄 기척

절골 무당개구리 울음으로 실버들에 물결치던 바람
삭신 마디마디 굽은 사장나무에 덥썩 안기자

가지가지 싹눈 밟고 화들짝 날아오른 저 새 떼들을 봐

이순耳順

눈이 있어 눈만 떠 온 날들이 얼마나 귀가 막히냐
인자, 눈 감고 귀동냥으로 연명하리라

이 들판 저 냇가 햇살도 귀로 만져 보리라
하루내 비안개 깔린 산녘도 귀로 보아 두리라

대숲에 깃쳐오른 새의 소리도
하늘하늘 풀려가는 굴뚝 냉갈도

어 저기 누구야, 귀가 번쩍 트이고
꽃의 느낌, 바람의 냄새, 새들의 눈부신 햇살도

끝내는, 들리는 대로 쑥덕거린 속아지도 작살내리라

생들아

뼈만 남은 저 앙상한 몸
더 맞서야 할 시대가 닥쳤다는 듯이

산중에 우뚝 선 밤나무, 죽어서까지

굶주린 생들에게 내어줄 먹을 것을 품에 안고
살아갈 생들에게 짙푸른 들판길 더 열어가라고

한 발짝도 뗄 수 없다는 듯이, 죽어서도
한 발짝도 떼지 않았던 백남기* 농민처럼

* 보성농민회에서 서울민중총궐기대회에 갔다 국가권력에 의해 물대포 맞고
  의식불명으로 317일 만에 사망했다. 국가에서 조작하려고 사인(死人) 규명을
  한다며 장례를 못 치르게 할 때, 이 땅 어디나 저항의 촛불이 더 세차게 타올
  라 결국 박근혜 퇴진 2차 촛불까지 밝혀 두고서야 고향으로 돌아와 먼 길 떠
  났던 농민.

그 때

밭뚝질이 무엇이랴
대밭질이 무엇이랴

지땅에서 해름판을 낚아챈 소가 냅따 튀어가는 집
마당에 할매가 받아놓은 깅물통 바닥까지 핥던 소

부릅뜬 눈으로 어둑한 애양깐으로 가고

하루가 지났다고*

평애들판 내다보면
팔영산 딛고 솟아오른 별들이 달음박질쳐 오고

* 김종삼의 시 「묵화」에서.

15

기다림

꿈이었나

배름빡 햇대에 걸릴 엄니 옷은 보이지 않고
심지 돋군 등잔불만 너울너울 훌쩍거릴 뿐

너덜거린 문종이 틈자구로 날아든 그리움아!

어딘가로 담박질쳐버린 잠을 뒤척거리다

사장을 지나 쑥정지 배바구 짐다리를 지나 차부
왔구나, 먼 섬에서 오는 첫차에서 내린 저 사람

깨인 꿈도 꿈이로다*

* 오상순 시인 「꿈」에서. 우리 노래 흥타령으로 불려짐.

16

연기緣起

솔깽이 쑤셔 넣은 불구녁 맥혀서 내쳐버린 연기
새끼 밴 돼지막 뽀짝 감나무를 휘감다 돌아보는 연기

복수가 차서 죽은 정자 누이 돌무덤 쪽으로 날아가다
살구꽃 꿰어차고 둥둥 멀리멀리 흩어져서

비雨로 오는구나, 오늘 먼 날 비悲로 엥겨드는구나

묵묵默默

어미 개, 달래가 살짝 지 집 나간 사이
갱아지 다섯 마리 뽀짝거린 몸짓이 하도 이뻐서

곤대고 안아 햇살 잘 든 토방에 내다놓고 눈멀었더니
어미 개는 언제 왔나 "이러면 되냐고 꺼지라고!"

한 마리 한 마리 덥썩 덥썩 지 집으로 물고가
온몸으로 품어 안고 쏘아보는 저 날선 눈빛

한 넋

산이 감싸안은 구름이 나무 나무에 뭉게뭉게 피어서

한 꽃으로

검버섯 핀 호미로 산밭 북돋아 무시씨 뿌리던 엄니도
저 세상 먼저 보낸 아들에 눈물 보타버린 연동 할매도

한 넋으로

붉좀한 초승달 걸어두고 떠나가는 이 해거름판도
온 하늘에 어둠도 별도 나무도 개새끼도 멧돼지도

그림

서울 명륜동 집에서 몇 날 며칠 술로 횡설수설 취하다
화들짝 깨어서 수안보 덕소 화실까지 치달아간 단숨에

붓이여 가거라, 내던지고 며칠 퍼마시다 꼬꾸라지다
불떡 속에서 끓어오른 불길 불길을 잠재워버린 그림들

에리디 에린 고향 하늘 멀리 올망졸망
붓 가는대로 해 달 산 나무 새 소 동물 가족

그래 잘 가라, 흥얼흥얼 또 취해서 폭싹한 세상에 던진

장욱진 그림쟁이의 그림 그림들

오딜게

밤이면 풍금귀신 나온다는 독점저수지 우에 마을
명철이네 누에집에 딸린 널따란 뽕밭
오딜게 뽕뽕 터져서 불러들인 친구들 산새들

검둥개도 왔구나, 마을부터 따라나선 똥개들
개들은 껑껑 옹기터를 지나 산녘으로 치닫고
뽕나무에 손만 뻗히면 보래기 보래기 오딜게여

서풍에 오리 떼들 철퍼덕 물결 물결을 물밀었던가
밤이면 간혹 나타난다는 저수지 구신에 오싹거렸던가
오딜게에 손도 입도 마음도 싯붉게 물들어

우리는 우리 장단에나 고래고래 목구멍을 뚫었던가
산 넘어 하늘 멀리 알 수 없는 설움들도 북받쳤던가

저수지 붙어 있는 독점골 뽕나무 밭, 그 세상아

열망

이파리 맨사대기에 빗발 내리치듯
삐딱길 굽이굽이 물줄기 내리쏟듯

터져라, 속아지야

닭이 운다

더 가야할 길이 있더냐

가리다
– 바위 옆에서 졸다 죽고 싶습니다*

땅속에 뭣이지, 온몸 흙 범벅으로 파제끼는 개
집 마당 날뛰다 알 품은 날부터 둥지에 꿈쩍 않는 닭

그저 그렇게

너덜거린 신발에
때 절인 옷이 누데기로 말없이

감똥 핀 가지에서 깨구락지 시퍼런 댓잎으로 뛰듯이
밤새 떠돌던 지빠귀새 울울한 대밭에서 울어쌓듯이

물 흐르면 흐른 대로
바람 불면 부는 대로

* 수경 스님이 절집을 떠나며 마지막 남긴 말.

간절함

저 산대밭에 벚나무 꽃 잎잎을 뒤흔드는 바람처럼
저 마을 외딴 집 부삭에 솟구치는 불길 불길들처럼

저물어가는 날들

흙에서 먹을 것을 일궈내는 발따죽이고 싶다
발따죽마져 싹다 갈아엎는 헤매임이고 싶다

두 할매

대나무까지 휘감아 솟구쳤던 칡넝쿨들
몇 차례 서리 내리고 축축 늘어진 입동 무렵

두 할매 골목 적단풍나무 아래 웅클시고앉아

마을질 내려다보네
살아온 날들의 삐딱질 내려다보네

찬바람 일어 팍팍했던 세월들 떠나가는 삶들

"잎이 진다, 잎이"
"인자, 봄을 다시 맞기나 할랑가 몰라"

순연純然

인기척에 놀랜 청개구리 한 마리 감잎에서 뛰어내리자
땅이 불끈 일어서고 널따란 머윗잎이 덥석 받아안았다

깜짝한 하늘이 싸목싸목 길을 터가는 이슬비로 온다

삶

고사리 꺾으며 철쭉꽃에 눈 뜬 민달팽이 낙상이었네
사람의 길에 짓밟힌 칫잎들도 여지없이 끊겼네

골골 물 갓에 핏덩이를 감싼 고비 고비도 무참이었네

더 무엇이 없나, 이 싯뻘건 욕망

산 숲 깊숙한 자궁을 쑤셔대며 더 발광이네

사라진

나뭇가지가 찢기고 땅이 패인 화살촉 같은 빗속으로
손바닥만 한 집에 네 마리 새끼들 쩍쩍 벌린 입속으로

제비 둘, 다시 내리꽂히는 산성酸性 빗줄기 속으로

비가 멎고 햇살 사푼한 빨랫줄에 제비 내우지간
무어라고 무어라고 쪼잘대던 그 애틋한 눈빛들

가자

한 줄의 글에 끄덕이던 책을 내던져버리고
깜박이는 한 점 촛불마저 불태워버리고

세찬 바람이어라 굽이치는 물결이어라
꿈꾸는 날들에 쌩뚱맞은 날벼락이어라

산중을 튀는 굶주린 멧돼지처럼 헤매다 튀다
어디 물이 없나, 목줄 쩍쩍거린 비여라 눈이어라

그렇고 그런 세상

살아 있는 무엇에나 칭칭 뻗혀가는 칡넝쿨처럼

봐

수십 년 된 낙우송이 뿌리까지 날려 산길 끊었다

길을 내는 것이 희망이라고!
길길이 날뛰는 세상이 삶이라고!

세상 곳곳에 불똥 튀는 지구의 울화통도 못 보셨나

낙우송을 보라고
온몸 날려 사람의 길 끊어버린 저 죽음을

바굿뎅이

하늘이여, 오라

수천 년 비바람 천둥 번개 내리쳐
내리친 대로 몸뚱아리 다지고 다져 맘 번쩍 뜨리니

무엇이든 나에게 뿌리 뻗혀 살아가거라

작은 삶이 안겨들었구나, 새파란 이끼들

어, 쩌그 누구지

날아든 솔씨 하나 품속 파고드네

밤이

뒷산 밤나무는 날밤을 새우나

땅아 잠들지 마라 싯붉게 눈 뜬 밤톨 내리친 소리
구름 꿰어찬 아흐레 달까지 설레게 하는 땅의 소리

등짝을 내리치네

땅 속속 작은 생들까지 들떠서 후끈 달아오른 소리가

때가

가실햇살의 주춧돌 위에 기둥을 세운 수박넝쿨아

물봉선 꽃씨는 바람길에 몸을 맡겨버렸는디
산자락에 창창한 칡덩쿨도 한풀 꺾인 삭신들인디

언제 서까래 걸고 지붕 올려 벽을 쳐서
뎁혀진 방에 덩어리 덩어리 새끼들을 낳으랴

잎을 떨궈댄 나무들은 동안거에 들 채비들을 하는디
익을 대로 익은 까마중은 입적할 날이 멀지 않았는디

결의決意

가자 언능 가자 밀씨들이 떨고 있다

서북쪽 바람을 꿰어찬 낙엽들이 몰려오네

마늘 양파 밭 쩌짝 밀씨 뿌린 맨사대기 밭으로 가자

두 발 동동거린 햇살도 웅크려버렸지 않느냐
땅속 작은 생들 오장육부도 옹그라붙것다

언능 가자 언능

홑이불 한 장씩 나풀거리며 낙엽들이 몰려오네

멀지라

.

해남군 옥천면 용동리 들판
콩 몇 다발을 실은 유모차에 희끄무레 할매 한 분

가실햇살은 너울너울 해름판으로 치달아가는디
칭얼대는 에린 콩다발은 애 터진 들바람이 얼러대는디

아가 아가 언능 가자,
할매를 붙잡은 유모차가 앞서며 내뱉는 말

"멀지라, 가야 할 길은!"*

* 해남 용동마을 신옥례(86)의 말.

이, 뭐꼬*

한 마을에 칠십 여 년 넘게 살아온
나주 할매(양서순, 92)가 한 말

"마을로 오는 지겟길로 들판질 사람질 싹다 열려갔는디
인자는 몇 집 남은 앞마당까지 찻질이 뚫려도… "

* 장성 백양사 입구 만암 선사의 기념탑에 새겨진 글 제목.

36

어디로

호남정맥의 젖줄을 빨아대던 생들아, 어디로 갈거나

호미자루 움켜쥐고 풀들 너울거린 논시밭 갈거나
가뭄으로 목이 파삭거린 논바닥 물꼬 찾아 헤맬거나

먼 산간 마을 원시림은 불타오른다는디
가도 가도 사막뿐인 땅이 될 것이라는디

감나무 가지가지에 싹을 틔운 생눈들아
뒷산 나무 나무 하늘을 꿰어찬 청설모야

여순麗順항쟁*

큰아부지는 새복참에 거름 한 짐 덕산밭에 부려놓고
밭뚝에 쌓인 감재순 지고와 마당에 펼쳐놓고

식구들끼리 큰방에 둘러앉은 아침 밥상머리

들이닥친 순사들에 밥상 뒤엎어지고 끌려간 큰아부지
사십 여 년이 지나도 돌아오지 않은 큰아버지

"나 눈꾸녁으로 못 봤응께 죽은 것이 아녀"
감나무에 까치 날아들면 온종일 갈팡질팡했다는

할매(신망동, 1902~1987)는
마지막 숨을 몰아 서랍짝에 뜬눈 두고 돌아가셨다

* 이 시는 첫째 시집 「참나리꽃 하나가」에서 할머니란 시를 여순항쟁 72주년
  (2020년)이 되어 손질.

부엉이

싸래기 같은 별들이 대숲에 날아들어 등불 꺼진 날
날을 꼬박 새운 울 할매 설움 같은 부엉 부엉이야

눈발 들이친 꼭두새복

장꼬방에 한 사발 물에 구시렁구시렁 부엉 할매야

밤근무

105발들이 실탄이 장전된 M60총아
탄띠 양쪽에 꿰어찬 수류탄아 꺼져라

달 떠온다 달
동경사* 동해東海 멀고 먼 수평선에서 달이

가슴 깎아지른 절벽까지 철썩철썩
사랑아 어디에 있느냐 그리운 사람아

술은 떨어졌던가

물짠 울컥거린 것들 허공에 수백 번 발질로 날이 샜지
모포 뒤집어쓴 오전 취침은 끄적거린 글로 잠은 내뺐지

* 동해안 경비사령부 : 동해바다에 경계근무를 서는 군부대.

눈雪

온 땅 물줄기들 치솟아
불 싸지른 저 바람 떼
온 하늘에 펄펄 불똥 튀기는 것을 봐

찰나刹那였던가!

어린 날 정제 무쇠솥에 끓어오른 밥
뜸 덜 든 밥 냄새가 흐카니 날아드네

숯덩이 이글거린 화롯불에 둘레둘레한 식구들

겨울밤 따순 눈빛이 후북하네

수수만년 폭설의 원시가 세상길 지워가네

우주야

우주의 숨은 더 헐떡대것다

몸 깊숙이 파고드는 쇠꼬챙이 「나로호」로
우주에 온통 뻗힌 실핏줄에 자본으로 문명으로

독성뿐인 이물질이것다
온 하늘 오장육부로 쑤셔박히는 암 덩어리것다

어쩐다냐, 우주야
우주야, 어쩌끄나

비상

국가비행시험장이 들어서는 고흥만에서
미세먼지 찌뿌둑한 하늘로 날아오른 기러기들아

찾아갈 곳은 폭염 폭우 폭설로 뭇 생들 떼죽음이라는디
그 어디나 철이 철을 모르고 철은 죽사발 돼간다는디

삶을 찾아 북쪽으로 날아가는 철새들아

바람아

까마귀 떼 사라진 보리밭에 서릿길 밟고 날아간 바람아
산 너머 먼 마을 울타리에 산수유 꽃망울 머금었것다

그 마을 냇갈 깔린 탱자울
깜짝새 별들이 내리쳤던 물팽나무여

들판 건너다 도깨비와 맞장 떴다는 현오네도 헐렸것다
대뿌리 뻗힌 골목길에 댓바람 울먹인 소리뿐이것다

강진하네가

이녁이랑 심었던 동백꽃 피어서 산밭 가네

뭐 한당가?

봄 햇살 장다리꽃은 나비를 불러들이네그랴

인자 산밭 묘똥 오가는 밭뚝질도 덥히것네
인자 어작난 이내 삭신도 멀어지것네

나그네

몰악시런 겨울바람에 길을 떠도는 저 거렁뱅이

삼수갑산도 넘었것다
오욕칠정*도 털었것다

말 없던 길이 따라 나서네
산 들이 등짝을 밀어주네

* 오욕칠정(五慾七情)은 불가(佛家)에서 쓰는 말. 오욕은 재물욕 색욕 식욕 명
  예욕 수면욕. 칠정은 기쁨 성냄 근심 두려움 사랑 미움 욕심을 말한다.

항쟁抗爭

1.
유럽 유학을 꿈꾸던 미얀마 여대생 낭마에

정글로 들어가 소수민족무장단체와 하나가 되어
군부 쿠데타에 맞서 싸우겠다고 하며, 덧붙인 말

"투쟁이 두렵지 않고, 죽을 준비가 됐다"*고

2.
미얀마 군부가 쿠데타를 일으킨 날 새벽
최초 체포 리스트 7인중 유일한 여성, 작가 판셀로

무장 경찰이 들이닥치기 직전에 자기 집을 빠져나와
군부의 만행에 맞선 도피생활에 만약 자기가 잡힌다면

"군부 독재 앞에 무릎 꿇지 않고 목숨 끊겠다"*고

* 〈한겨레〉, 2021. 4. 13.
* 〈MBC 뉴스데스크〉, 2021. 4. 16.

죽창

난세亂世에는 죽창竹槍으로 뜨고
치세治世에는 풍류가락으로 뜬다*고 했던가

허나, 나는 맨날 챗바퀴 굴리듯 도로 묵인 삶뿐이어서

지금 뭐하고 자빠졌는거야!

부삭 불속에 대통 터지는 소리에나
잠깐 귀가 트여본들, 삶아!

* 송수권의 산문집 『남도의 맛과 멋』에서.

역설逆說

코로나 바이러스가 세상 어디나 무차별로 덮쳐버려

사람들 발길이 뜸하고
공장 가동이 멈추고
차량 행렬이 끊기자

세계 도시권에 대기오염이 감소되고
코요테 퓨마 산양 여우 원숭이들이 거리를 활보하고
사자들은 도로에서 낮잠으로 늘어지기도 했다지

미세먼지 발령주의보가 줄어 수십 년 만에
인도 히말라야 산맥 굽이굽이가 드러났다지

한때
지구가 딱 한때

꿈틀했다지

풋죽이

지땅 솔가리며 덕산 푸나무로
마당에 걸린 솥은 자글자글 끓고

평애들 치닫던 해는 서녘 대울타리로
붉쬠한 노을 데리고 마실을 오고

마당에 모깃불로 피워올린 냉갈
하늘하늘 풀려가는 별빛 아래

옹기종기 시끌쩍했던 그 집
풋죽 몇 사발로

몰랑집

구뽀뚱 논에서 나락토매 져나르던 작은성
지게 때레뿌셔버리고 서울로 줄행랑쳤던 몰랑집

집 뒤안 먼 데서 치달려 온 눈발
마을 덕산 팔영산까지 손 잡아주었던 몰랑집

뒤울 대밭으로 찾아든 부엉이 올빼미
옹달샘 뽀짝 밤나무에 밤톨 밤새 내리쳤던 몰랑집

하늘 들판은 뻥 뚫려서 정제 냉갈은 멀리멀리 풀렸으나
아부지 없는 집 구석구석 눈물이 깊게 배었던 몰랑집

항꾸네

사동 외갓집 윗대 윗대 할매 제삿날
엄니가 챙겨준 보자기에 따라나선 것들

쌀 한 됫박에 매찬만이 아니었겠다

　대바람에 들썩거린 골목길도 들바람에 실린 사동 꾀댐
이 아들 기철이 눈시울 붉힌 일기장도 논둑길에 튀던 깨구
락지들도 잡풀 우거진 둠벙에 물뱀이 물밀어가는 잔물결
도 사장나무 옆 사동 이발관 종수네 아부지 가위질 소리도
당골래 초향이네 잔뜩 울부짖는 개새끼도 탱자나무 울타
리에 시퍼런 가시들의 눈빛도 집에 혼자 떼어놓고 온 동생
의 울먹인 눈시울도 용두 뒷산 뭉게뭉게 피어난 구름도

　더 더 먼 윗대 윗대 별들도 항꾸네 갔것다

아부지

소마구에서 낸 거름을 서랍짝 거름벼늘에 항꾸네 쌓고
싶었으나
지땅밭 감자 캘 때 소를 몰아가는 우렁한 소리도 듣고
싶었으나

장날 엄니가 팔러간 콩차대기도 나눠 질 사람이 간절했
으나

마당에 깔린 덕석에 둘레둘레한 식구들과 별아별 얘기
도 듣고 싶었으나
문종이 떨어대는 겨울밤 도란도란 멀고 먼 무서운 얘기
도 듣고 싶었으나

사진 한 장 없는 아부지여
얼굴도 알 수 없는 아부지여

째보집

안골점빵 딴또집에서 짐다리로 가는 중간쯤 배바구에
초가집 세 채, 침쟁이 빙남이 집을 지나 엿을 만들어서 파
는 째보집, 마당가에 엿질금 끓는 무쇠솥에 서 고아낸 놀
짱 놀짱 엿을 늘어놓은 물레 엿판에 그 집 앞을 지나는 누
구나 꿀떡거리게 만든 째보집, 그 뒷날 엿장시들이 도매금
으로 판판 띄어서 몇은 서정기를 지나 사동에서 당재 넘어
가는 당치 화개까지 마을마다 엿가위 왁짝거리며 빈 병이
나 알곡 몇 홉까지 엿과 맞바꿔 리어카에 따뿍 실린 차대
기로 삐딱진 삶길에 서로 댕겨주고 밀어주며 서녘바람에
빈 엿판에 깔린 흰 밀가루들이 들판 멀리 날아가서 저물었
던가, 낼 장시를 위해 엿장시 몇은 그 집 갓방에 호롱불 밝
혔었지, 엄니 따라 외촌 바닷가 누님 집 갔다 늦은 밤중에
그 집 앞을 지나면 화토짝 두들겨댄 소리가 티격태격 맞고
함도 터졌던 째보집, 돌아보면 온 하늘에 툭툭 부러진 엿
가락처럼 별들이 댕강댕강 쏟아졌던 배바구 째보집

동네 한 바퀴

기정 할매 집은 폭삭해 칡넝쿨이 삼켜버린 지 오래
연동 할매 집은 솟구친 대들의 가락이 애간장을 태우고

언제 오시려나 원산 할매는, 먼 데 요양원에서
강진 하내 집 신발짝 놓인 댓돌은 귀 멀어 쳐다만 보고

나주 할매 집은 혼자 옛일 되새김질로 타버린 속일까
할매가 사무친 보곡 하내 동네질로 발길 끊어지고

소쩍새 울어대 턱골 실버들 낭창낭창 푸르러지누나
산벚꽃 날려서 절골 두릅 고사리 산나물 솟아오르누나

다 같이 돌자 동네 한 바퀴

눈, 희나 흰

말이 필요 없습니다
뭐라고 한 줄 끄적대는 것도 큰 죄입니다

눈 내린 산에 그냥 그대로 눈멉니다

빨래터

무쇠솥에 들끓던 서답들
양철함지 머리에 이고 영기보로 내뺐지요

냇가도 불쩍거리다
무명 적삼이든 난냉구든 고쟁이든
날뛰어 빨려가기도 했지요

더러는 세상에 뽈따구 난 방맹이 날뛰기도 했지요

별거더냐 세상이
탈탈 털어댄 빨래들 냇가 나무에 걸렸지요

답답거린 가심에피 속 속 햇살이 싹다 말려갔지요

들판 지나 냇가 그 빨래터 잘 있을랑가 몰라, 엄니야

절박切迫

왔느냐 백로야

벼 심어놓은 푸른 들판 먼 데서 보고 찾아왔느냐

논둑길 고랑길 제초제로 누렇게 말라버린 길들뿐인디
나락 배동한 논바닥에 미꾸리 깨구리 사라진 들판인디

왜가리도 왔느냐

산바래기

깃쳐오른 들바람이 놀다 가는 지땅 산바래기
밭언덕 산떼왈도 손짓해쌓는 소나무에 오르고 싶어라

강산마을로 가는 신작로에 장짐 챙긴 사람들 사라지고
배바구 지난 구루마 한 대 덕산 구부탱이를 돌아가고

온 마을로 헐레벌떡 달려든 해름판 싯붉은 구름들
소스라쳐 피어오른 굴뚝 냉갈에 첨벙거리고 싶어라

시방

실뱀이 지나고 생들이 날춤 추는 민둑골 둠벙에 맹꽁이
놀아보자나 들판아, 허천나게 울어제낀다는디

마을 어귀 제각에 간지락나무 붉좀한 꽃숭어리들
들판 달음박질하는 바람처럼 무자게 애태운다는디

갈끄나 말끄나

햇살에 간혹 톡톡 터지는 참깻대 비어서 말려야 되는디
논시밭에 몸통 드러난 무시들 흙으로 더 북쳐야 되는디

길이

햇살이 꿰어찬 산들바람아 인자 어디로 갈래 새들아

숲이 베어지고 칠퍼덕한 나무들
토막쳐진 봄여름가을겨울들

산길이 뚫리며
길이 길이 길들이 사라졌구나

사람이 만물의 영장이라고!
사람만이 희망이다,* 고!

* 박노해의 시이자 시집 제목.

이 집

요양원으로 간 원산 할매 집

토방에 놓아둔 의자에 고양이가 졸다 떠나자
삭신 부려버린 열 삿날 달이 서랖짝만 내다보고

언제였던가

문지방에 걸린 방 빗자루야
토방 핸삐짝에 굴러다닌 신발짝아
먼지 들썩거린 물레에 멈춰버린 바람아

담장에 뻗친 송악덩굴에 꽃은 피었으나
장꼬방 깨진 항아리에 깨구락지는 울어댔으나

장골

병세가 깊었나, 그이는

마을 골목에 나앉은 할매 둘
눈시울 젖게 한 그이는

그이는 살아보리라
농農으로 삶을 살려보리라

까끔에 세웠던 표고목들 팔다리가 꺾였구나
빈 축사에 농구農具들 녹이 슬어가는구나

마을로 오는 막차에는 그이 어린 두 딸만 내리고

새

후려치는 겨울바람 툭툭 박차고 오른 새의 날갯짓
살얼음판 하늘이 파싹 깨지는 짙푸른 세계여!

막심莫甚

벌교에서 고흥 가는 동강 버스 정류장
합동슈퍼 인애약국 옆 '동강 젓갈집'

액젓 멸치젓 갈치젓 창난젓 갈치속젓 낚지젓 꼴뚜기젓
전어젓 조개젓 멍개젓 아가미젓 가리비젓 명란젓 굴젓

젓 젓, 엄니 젖!

먼 섬으로 청장시 다니다 가져온 젓갈들이네요
어둑한 정재에 물씬했던 엄니 젖 맛이네요

겨울밤은 깊고
엄니 품속은 오들오들 따스웠지요

누구도 없이 속으로 삼켜야 할 일들도 많았지요
밤중에 깨어 물레 가에서 훌쩍일 때도 있었지요

절인 속젓 쌀밥에 척척 얹어주리라던 날은 가버리고
속 속, 속창아리 없는 이 막심은 무엇을 찾아 헤매는지

비참悲慘

설 무렵에 홍천 성네가 서울로 가며 가족들이 고향 게를
찾아싼다며 아침 읍내 제재장에서 게 한 차대기 사들고 순
천발 보성을 거쳐간 기차를 타고 서울 영등포에서 내려 때
깔 번쩍거린 롯데백화점 딸린 역 대합실 가운데쯤 이르렀
을 때, 바로 그때 게차대기 밑구녁이 폭삭 터져버렸네

뻘뻘 살아난 게들이 그야말로 게거품을 물고
뻘뻘 기어가는 저 환장한 목숨들을 봐!

가도 가도 짓밟는 사람들뿐인디
가도 가도 바다는 멀고 멀 뿐인디

가도 가도 생들의 길은 죽음뿐인디

어디로 가야 하나, 나는 어디로

똥
– 내 몸이 거름공장이다*

칙깐에 쪼그리고 앉으면 쏟아지는 별똥별들
무한천공의 우주, 칙깐 구덕으로 내리꽂히면

넙죽넙죽 삼켜 삭히고 삭힌 기똥찬 성물聖物
밥상에 차려질 신성神聖한 별 별 먹을 것들

똥은 우리 몸속을 돌고 있는 따뜻한 혈액인 것이다*

* 유튜브 「텃밭 농부에서」.
* 빅토르 위고.

그 어디나

고흥 포두면 우두리 배 띄워 오리길 첨도尖島 김동관(66)

헐려가는 집과 밭 몇 뙈기 사들여
혼자 살고 있는 외딴 섬

한때 사노맹*을 꿈꾸다 깜빵에서 풀려나
자연의 순리대로 살리라, 떠돌다 찾아든 이 섬

여기 남의 빈 땅들 팔려나가고 꽃섬으로 개발된다나!
골프장이 들어서고 고급 펜션까지 생긴다나!

벗아, 딱 한 채 남을 섬집아
물팽나무야 해송들아 전복 해삼 홍합아 지구야

어디서 살래
어디로 갈래

* 남한사회주의 노동자 동맹.

저 먼

정선네 대밭에 북적거리던 달빛

영기보 냇가에 햇살 꽂힌 물고기들 날뛰듯이
지땅 까끔에서 고삐 풀린 소 막무가내 뛰듯이

흙마당에 때굴때굴하던 달빛 들판길 치달아가네
먼 마을 뒷산 치렁치렁한 별들이 달음박질로 오네

개가 짖고 닭이 울어

누구일까, 동쪽 샘물이 출렁출렁 가픈 숨길로 오네

비장悲壯

"나는 가라앉은 배의 선장입니다
가장 마지막에 탈출할 사람이죠"*

우크라이나 격전지 키이우 근교
병원 원장 발레리 주킨이 한 말

* 〈한겨레〉, 2022. 3. 22.

풍경風磬이

거친 물결에서 솟구친 고기 한 마리 처마로까지 뛰어서
깨라 깨라, 촛불까지 꺼버리네

더 더 세차게 어두워지라 하네

강리江里*

당곡재 넘어 구천마을 장승거리 따라가면 강리
제삿날 할매가 보데기에 싸준 매찬 들고 찾아간 집

감나무 또배감이 주렁주렁 하늘을 떠받든 집
서랖짝 유자나무에 샛노란 달덩이들이 열린 집

어디나 강바람 들바람이 낚아챈 육촌지간의 성제들
땀이 땀을 말리는 장난질로 해가 산 너머로 뿔딱했던 집

젯밥에 눈멀어 발싸심으로 잠을 들깨웠으나 날은 새고

집을 나서면 제사음식과 짠한 마음까지 들려주던 강리
첫차 타고 돌아보면 아침노을에 눈시울 붉어진 강리

* 두 번째 시집 『푸른 빗줄기의 시간』에서 「강리」를 손질.

72

엄니가

논길 밭길 헤쳐가면 찔레꽃 무진장 피었더라니

음마, 거그 말고 아랫뜸 가는 대밭 골목 지나서여

하믄, 덕산 산마루에 아카시아 꽃들은 시들어간당께
아랫집 공숙이네 장꼬방에 황매화도 못 봤다냐

아이고야, 날이 붉아진다 날이
쩌그 깜빡대는 별로 가면 되것지야뭐, 눈 깜짝새여

신

학교 파하고 짐다리 기학이네 신발가게
벼르고 벼른 말표 껌정고무신 샀어라

옷자락 펄럭대며 들판길 냅따 담박질이었어라

배바구 개새끼들 짖고
논둑길 깨구락지들 튀고

신이야 넋이야

곯아떨어진 밤중 내리거리 꼼지락대는 신神이었어라

덕산포구

포구 외딴 집 가게 밖에 걸린 무쇠솥

펄펄 끓던 생선 잡탕에 어부들은 그물망처럼 얽혀서 대
두병 쏘주가 바닥이 났다

"바다가 어떻게 됐는가벼
인자 잽히는 것이 반에 반토막이랑께!"

찢긴 돛폭처럼 닻줄에 매어져
오도 가도 못한 늙어빠진 덕산포구

구운夢

불기운이 남아 있는 아랫채 부삭에 구울 감재를 묻는디
어릴 때 몰랑집 정재가 날래게나 불씨 살려내는구나

뒤울 대바람이 몰려와 찬 몸 던져 식은 재를 따독이자
불 꺼진 큰방 할매의 잔기침 소리에 몇 개 더 굽고

성제들은 심지 돋군 초꼬지불 아래 구운 감재로

다가올 날들 설레며 성이 빌려온 한 보재기 만화책
한 장 한 장 애 터져 쥐새끼들도 문 밖에서 소곤대고

문종이 틈자구로 얍실얍실 눈발은 들이치고

뒤안 대바람도 통개통개 맛나게나 깊어갔지, 겨울밤

땔감아

시안내 써야 할 땔감이 섣달도 가기 전에 바닥이 나서
뒤안 대나무 울타리까지 뒤지다 지땅 솔밭을 털어서

뜩 뜩 긁어댄 갈쿠자국으로 흙살 피 터질 때까지
한 짐 땔감이 홀캉해서 생솔깽이 꺾어 몇 밤이 가고

민둑골 기철네 밭둑에 아카시아 나무에 찔려가며
밑뚱 뿌리까지 캐낸 뚱컬 채워서야 또 몇 밤이 가고

엄니 솥뚜껑 여닫는 소리에 아릿목 불기운이 돌아
우리 성제들은 길길이 날뛰는 꿈길로 다시 깊어졌어라

어쩌리까

뒤로는 일림산 자락이 드높게 감싸안고
앞으로는 득량만 바다가 드넓게 펼쳐진

회천서초등학교

교훈, 생각하고 행동하는 힘으로 큰 꿈을, 꾸고 있는
학기 초 교문 앞에 펄럭대는 환영 플래카드 한 장

입학생 한 명, 전입 교사 세 명

전체 학생은 열두 명, 교직원 열여섯 명
수업 중인 교실 창문들 꽉꽉 닫힌 옥상

아! 태극기 휘날리는 대한민국 면 소재지 학교

닥쳤다

"저 나무들을 봐 봐, 잔뜩 매단 열매들을!"

생명들 씨줄 날줄로 엮여 우주까지 상통화통을 꿈꾸는
보성군 노동면 갱맹골 씨날농장 최영추(70) 형이 한 말

"저 나무들도 기후 위기가 닥쳤다는 걸 안당께"

이변異變

지땅 밭머리에 서면 중봉저수지 넘어로 햇무리야
논바닥 갈라터진 틈자구에 꼼지락거린 미꾸락지들아

이 골 저 골, 물 건너갔구나

철철 넘쳤던 냇가 구뽀뚱이 보타버렸네
어디나 돌고 돌았던 물의 길이 끊겨버렸네

지렝이들아
– 땅이 우는 소리를 들어야 한다*

더 앙칼진 칼을 품어라, 지렝이들아

오염되고 메꿔지고 다져져 죽어가는 이 땅

바람에 떨굴 것은 떨궈내는 저 창창한 나무같이
온몸 맡긴 흙살에 때가 되면 솟구쳐 오른 죽순같이

땅 속 속 그 어디나 날춤 추어라, 지렝이들아

* 탁 닛한.

확!

칼바람 잠재운
저 붉디붉은 동백꽃을 봐!

어느 것 하나
나로부터 개차반이구나
쑥대밭이구나

수만 년 솟구친 불떵어리들 삼킨 저 꽃
이 오래고 오랜 생생의 생을 보라고!

봄빛

차디찬 윗목에 빼꼼히 눈을 틔운 감자를 봐
목련 꽃몽오리에 솟구친 흰 뼈의 햇살을 보라고

뛰쳐나갔네, 갇혀 있던 집을 확 부셔버린 염소들이

발문

다시 흙에서

송한울 자유기고가

이해하기 어려운 것은

바로 자연의 풍경

네가 기차를 타고 저곳에서

또 다른 저곳으로 향하는 동안

자연은 침묵 속에서

너의 사라짐을 응시한다.

－W. G. 제발트의 시에서

　가끔은 참 이상한 시대라는 것을 느끼곤 한다. 무의식처럼 당연하게 흘러가는 시간 속에 있다 보면 우리는 현재의 모습이 과거의 모습과 얼마나 달라져 있는지를 자각하지 못한다. 변화의 속도는 날이 갈수록 빨라지고 있고, 우리는 이 시간 속에 던져진 채 가쁜 호흡으로 상황을 따라가고 있을 뿐이다.

　이 속에서 우리가 잊어버리고 있는 것이 무엇일지를 되새기다 보면 얼마 전의 일이라도 까마득한 예전의 일처럼 느껴지기도 한다. 하물며 현재 속에 얼마나 많은 풍경이 스쳐 지나갔을지 말해 뭐할까? 바로 지금 당신 눈앞에 펼쳐진 세상 말이다. 바람은 어떤 상태이고 떠 있는 해의 높이는 어느 정도일까? 그 순간 날아가는 새들은 있었는가? 이 시를 읽는 당신은 하늘을 보기 위해 빽빽한 건물들 사이로 고개를 들어 본 지 얼마나 되었나? 우리는 아주 단순한 현상은 물론 현재의 상태를 망각하고 스스로가 만들어 놓은 좁은 세상 속을 헤매고 있다. 아니, 어쩌면 우리는 현재를 느끼는 법을 영영 잃어가고 있는지도 모른다.

　송만철 시인의 여섯 번째 시집 『흙에서』에는 바로 이러한 시간 속에서 소멸하는 '현재'라는 찰나의 많은 풍경이 담겨 있다. 침묵 속에서 삶이라는 투쟁을 이어가고 있는 생명들, 폐허로 전이되어가는 삶의 공간들, 그리고 그 너머에 파괴적인 현대 문명의 잔상들…. 그리고 이따금 현재는 작가의 기억에 반추되어 이미 사라져버린 무언가를 추억하는 기점이 되기도 한다. 그렇게 시집 속에서 우리는 무수한 풍경을 만난다. 이 풍경들은 매우 친숙한 느낌이 들지만 동시에 낯설다. 다만 시인의 시가 낯선 것이 아니라 시인의 시를 읽는 우리가 낯설어진 것이다. 자연은 언제나 자신이 살아야 할 삶을 살고 있었을 뿐이고, 우리는 현재가 아닌 미래만을 바라보며 살았기에 이를 알아채지 못했을 뿐이다.

　송만철 시인은 그의 첫 시집 이후부터 농촌 사회의 변천과 함께해 왔다. 오래전부터 농촌은 천천히 쇠락의 길을 걷고 있었으며, 이제는 인구 소멸이라는 극단적인 상황에 직면해 있다. 이런 상황 속에서 시인은『흙에서』라는 의미심장한 제목의 시집을 세상에 내놓았다. 흙은 곧 시인이 꿈꾸는 세계의 근원을 의미한다. 흙으로 이루어져 있는 혹은 흙 위에 서 있는 모든 것들을 소재로 다뤄온 작가였기에 결국 그는 흙으로의 회귀를 꿈꾼다.

　『흙에서』의 작풍은 이전 시집『물결』(2020)과 매우 흡사한 느낌이다. 또한 두 시집 모두 소재적으로 일치되는 부분이 많기에 차이점을 찾기란 더욱 힘들다. 면밀히 들여다보면『흙에서』는 전작들과 비교했을 때 더욱 간결해진 문체를 사용하고 있으며, 현재에 집중하고 있는 시인의 시선을 느낄 수 있다. 그리고 본 시집의 포문을 여는「식칼」을 보면 무뎌진 자신의 날을 세우는 작업으로서 시작詩作이 이뤄졌음을 알 수가 있다. 본 시집은 변함없이 흐르는 자연과 시간, 점점 사라져가는 농촌 사회, 파괴적 변화에 의해 망가져가는 자연, 이 사이에 엉망이 되어버린 세계를 뒤로하고 중심을 잡고 자신의 삶을 열어가려는 시인의 간고함이 있다. 그리고 날선 상징들—칼, 죽창 등—이 지속적으로 등장하는 것은 근원으로부터 떨어져가는 인류 문명과 야성적 감각을 예리하게 세우려는 시인의 의지가 들어 있는 것이라고 할 수 있다. 그리고 이 의지들은 작가 스스로가 내던져진 세상을 헤쳐나가고 바라보는 중심에 대한 상징으로서 발전되면서 궁극적으로는 흙으로부터 멀어지지 않으려는 작가 스스로의 비장한 자세를 잃지 않으려는 상징과 같다 할 것이다. 그리고 「식칼」을 시작으로 작가는 몇 편의 기억과 함께 무수한 현재의 풍경을 펼쳐 놓는다. 이는 아이러니하게도 강인한 생명력과 쇠퇴의 이미지를 동시에 가지고 있으며, 자연과 인간 사이의 묘한 긴장감을 형성한다. 그리고 이러한 긴장감은 시집이 끝날 때까지 계속 이어진다.

기정 할매 집은 폭삭해 칡넝쿨이 삼켜버린 지 오래
연동 할매 집은 솟구친 대들의 가락이 애간장을 태우고

언제 오시려나 원산 할매는, 먼 데 요양원에서
강진 하내 집 신발짝 놓인 댓돌은 귀 멀어 쳐다만 보고

나주 할매 집은 혼자 옛일 되새김질로 타버린 속일까
할매가 사무친 보곡 하내 동네질로 발길 끊어지고

소쩍새 울어대 턱골 실버들 낭창낭창 푸르러지누나

산벚꽃 날려서 절골 두릅 고사리 산나물 솟아오르누나

다 같이 돌자 동네 한 바퀴

─「동네 한 바퀴」 전문

  본 시는 작가가 꾸준히 다뤄온 농촌의 풍경을 소재로 다루고 있는 시이지만, 이전과 달라진 부분이 있다면 그의 시의 풍경이 되었던 마을이라는 공간에 사람이 천천히 사라져가고 있다는 것을 들 수 있다. 이러한 이미지는 뒤에 등장하는 두 시 「이 집」, 「장골」 등에서도 비슷하게 드러난다. 떠남 혹은 죽음에 기인하여 누군가가 없어진 장소는 적막한 고독이 감도는 곳으로 순식간에 탈바꿈된다. 이러한 현상은 한 농민(백남기)의 죽음 이후 쓰인 시인의 네 번째 시집 『다시, 들판에 서다』(2016) 이후 쇠퇴의 징조로 다루어졌고, 이제는 실체를 띤 현실로 그려지고 있다.

  누군가가 떠나간 그 공간에 남아 있는 자들은 지난날을 기억하거나 앞으로의 나날을 붙들며 살아간다. 이전과 같은 활기는 없다. 우리가 쇠락 혹은 폐허라고 부르는 그 장소는 아이러니하게도 자연이 점령했고 이는 강인한 생명 활동으로 이어진다. 즉 인간의 쓰임이 다한 장소는 다시 자연이라는 원래의 주인에게로 돌아가게 되는 것이다. 이 활기 넘치는 자연과 반대되는 인간 공동체의 쇠락은 『흙에서』에서 느껴지는 가장 강렬한 풍경이다. 자연은 스스로를

회복하지만 이 속에서 인간은 고립되고 고독한 존재로 남아 있다. 이 두 풍경의 대비는 시인이 줄기차게 그려온 두 대상, 인간과 자연이라는 양비적인 상황으로 치환된다. 시인이 꿈꾸는 세계는 자연과 공존하는 인간 공동체이며, 이 공동체는 흙으로 엮여 있다. 하지만 고도로 산업화된 사회에서는 흙과의 연결이 끊어지고 있으며, 이러한 상황은 날이 갈수록 가속화되어가고 있다. 송만철 시인은 이러한 일련의 변화의 과정 속 낯선 관찰자가 되어 주변을 배회한다. 향수 어린 기억이 그의 시에 자주 등장하는 이유는 이것이 기억 속에 뼈 아프게 남아 있는 세계이기 때문일 것이다. 이미 세상은 그가 그리워하는 모든 것을 잃어버렸는지도 모른다.

그럼에도 그를 끈덕지게 붙들고 있는 것은 무엇일까? 단순히 지나간 흔적들을 더듬으며 변해버린 현재를 안타까워하는 것이 시집의 전부일까? 나는 아니라고 본다. 『흙에서』를 자세하게 들여다보면 쇠락의 조짐 속에서 살아 있는 생生이라는 희망을 들여다보고 있는 지점들이 매우 많이 있음을 알 수가 있다.

해남군 옥천면 용동리 들판
콩 몇 다발을 실은 유모차에 희끄무레 할매 한 분

가실햇살은 너울너울 해름판으로 치달아가는디

칭얼대는 에린 콩다발은 애 터진 들바람이 얼러대는디

아가 아가 언능 가자,
할매를 붙잡은 유모차가 앞서며 내뱉는 말

"멀지라 가야 할 길은!"

-「멀지라」 전문

이 시는 어딘지 모르지만 텅 비어 있는 화폭과도 같이 차
가운 기분이 드는 풍경 한가운데, 먼 길을 여전히 가야만
하는 삶의 순간을 그려내고 있다. 이처럼 시집 속 등장하
는 생명들은 모두 이유 모를 어느 한 지점을 향해 나아가고
있다. 그리고 그 너머에 절망이 있다고 한들 멈춰 서지 않
는 것이다. 이것이 작가가 그리는 삶의 모습이며, 흙 위에
존재하는 생명력 넘치는 삶의 본능인 것이다. 그리고 이는
「비참悲慘」이라는 시에서 더욱 선명하게 그려지고 있다.

설 무렵에 홍천 성네가 서울로 가며 가족들이 고향 게
를 찾아싼다며 아침 읍내 제재장에서 게 한 차대기 사들
고 순천발 보성을 거쳐간 기차를 타고 서울 영등포에서
내려 때깔번쩍거린 롯데백화점 딸린 역 대합실 가운데쯤
이르렀을 때, 바로 그때 게차대기 밑구녁이 폭삭 터져버
렸네

빨빨 살아난 게들이 그야말로 게거품을 물고
빨빨 기어가는 저 환장한 목숨들을 봐!

가도 가도 짓밟는 사람들뿐인디
가도 가도 바다는 멀고 멀 뿐인디

가도 가도 생들의 길은 죽음뿐인디

어디로 가야 하나, 나는 어디로

– 「비참」 전문

갇혀 있던 게들은 자신을 속박하던 비닐과 포대를 뚫고
나온다. 그러나 살기 위해 어딘가로 향하는 게들에게는 그
너머의 생이 없다. 보기에 따라 우스꽝스러운 상황이지만
우리 또한 이 게들과 다르지 않을지도 모른다. 그럼에도
죽지 않으려는, 혹은 죽어 있지 않으려는 몸부림은 게들을
생의 전혀 다른 지점으로 이끌어가고 있다. 여기서 우리는
생에 대한 의지와 이에 따른 자유를 갈구하는 작가의 시각
을 읽을 수가 있다.

이처럼 고뇌로 가득한 기억의 이면들과 다큐멘터리적
건조한 묘사들로 들여다보여지는 현대 사회/농촌/도시 등
의 풍경들은 인간으로서의 개인적 본성과 집단적으로 강

요되고 자행되는 무의식적 억압 사이의 갈등을 침묵 속에서 드러내고 있다. 이는 앞서 말했듯이 이제 시가 표현의 도구를 넘어서 삶을 헤쳐나가는 도구—혹은 무기—로서의 역할로 시인에게 자리했음을 의미하고 있다. 하지만 혁명가적 의미의 도구는 아니다. 『흙에서』는 계몽적 사상이 담긴 언어보다 토속적이고 고요한 언어로 세상을 그리고 있으며, 송만철 시인은 세상을 바꾸려는 사람이 아닌 들여다보는 관찰자로 자리하고 있다. 그리고 이 모습은 자신이 추구하는 본질을 지켜내려는 한 '사람'의 모습이다.

코로나-19와 함께 3년이라는 시간이 훌쩍 지나가고 그 동안 많은 것들이 바뀌었다. 그리고 이제야 우리는 마스크를 벗었다. 우리의 일상과 무척 근접해 있던 위협이었기에 지구상에 모든 사람들이 이전과 이후가 같을 수 없다는 생각을 하게 되었다. 명료하고 단순하던 삶의 본질은 점점 더 모호하고 복잡하게 변해가고 있으며, 우리는 이에 떠밀리듯 세상을 살아간다. 이런 세상 속에서 '다시 흙으로 돌아간다는' 것은 무엇을 의미할까? 또한 '다시 흙에서' 무언가를 발견하고 시작한다는 것은 어떤 의미일까? 그리고 그 질문의 끝에서 우리는 '어디로 가야 하는 것일까?'라는 마지막 되뇌임처럼 다시 혼란스러운 세상을 마주하며 갈 곳을 잃어버린다. 다시 돌아갈 그곳이 과연 이전과 같다고 할 수 있을까? 『흙에서』에는 이렇듯 작가가 세상에서 마주

한 시상詩想으로 빚어진 낭만적 세계가 아닌 우리가 영영 소실해버릴지도 모르는 무언가가, 한 세기가 저물어가는 마지막 풍경이 매우 절박하게 그려지고 있다. 흙과 유대를 가지고 있는 사람들이 하나둘 공간에서 사라지면서 생겨나는 이 변화는 그리워하는 무언가가 더 이상 이전과 같을 수 없음을 의미하기도 한다. 그럼에도 우리가 살아 있다는 본질 그 자체는 달라지지 않는다. 생명은 땅으로부터 시작되었던 것이고, 여전히 우리가 잊고 있던 많은 것들이 이곳에선 살아 숨 쉬고 있다. 우리 스스로가 멀어진 것일 뿐, 흙은 변함없이 자신의 일을 묵묵히 하고 있다. 다시 흙에서 시작해야만 한다.